Edition Künstlerhaus

Edition Künstlerhaus,
herausgegeben von Michael Buselmeier.

Die Edition Künstlerhaus ist eine literarische Reihe
des Künstlerhauses Edenkoben, einer Einrichtung der
„Stiftung Rheinland-Pfalz für Kultur";
verantwortlich: Ingo Wilhelm

Bergstraße 21
69120 Heidelberg

Erste Auflage
Satz: Cyan, Heidelberg
Druck: Fuldaer Verlagsanstalt, Fulda
ISBN: 3-88423-122-7

WERNER LAUBSCHER

Winterkassation

GEDICHTE

Wunderhorn

Winterkassation. Ein Totentanz

Intrada

Als ob von Fahlheit
ein Geruch
und es sinke
ins Feld eine Feder
als sei ein Hagelkorn
das ins Augenfeld fiel
als sei ein Eisdorn
gewachsen stechend
in den Muskel und
als seien
Harsch und Firn aufgelesen
beißend zum Wurf
diesen Feind
wirst du haben
zum Genossen dir
aus Höhen starrend
wird er herabsteigen
in stetem Schreiten auf anderen Wegen
kommen vermummt
um andre Ecken
entlang der Grenze im Schlaf
herniederzufahren klirrend
in die Zeilen
die du schreibst.

Menuett en Rondeau

MENUETT I

Ein weißer Acker
weiß
das Kreuz zwei Hände weiß
zwei Namen Füße
die zu tanzen beginnen
unter schwarzen Bäumen irgendwer
spielte schon auf. Eine Geige
war zu hören.

TRIO I

Rufe
verpflockt in der Stimmritzen
Narbe Schorf unter
der Hirnschale das Lied
der Marlen die klare Nacht der Sterne
und unsrer Morgenfrühe Zeit
und des Schweigens
zeitlose
Unruh.

MENUETT II

Zur Dämmerzeit
aus Ungewißheiten
hinter der Ziegelmauer
in Umhängen
lila
Duft nach faulenden Blumen
auf der Todesfelder

Schatten eine Musik:
Oboen und Hörner
als sollten zu tanzen sie
beginnen.

Trio II

Hab alles gesehen die schwarzen Vögel
hab ich gesehen gleich
hinterm Feldkreuz
hocken sie
hackt einer dem andern
das Aug auf hab
einen gesehen im Schlachterkittel
saß er
im nackten Geäst rief:
ihr schönen Vögel ihr
sollt ein Lied mir singen
mein Deutschland!
sollt ihr singen
singt: Vaterland! und singt:
wir kommen schon! das sollt ihr singen!
hab ich gehört.
Und habs gesehen.

Menuett III

Vogel der du
im Hungerwams
über meinen Acker schreist
was schreist du
mich an?
Such dein Gefräß im Ginsterfeld

schling den Hals dir dick
an Aasfleisch auf den Halden! Ich komm
mit meinem Stecken
mit des Wurfsteins Sirren komme ich
mit meinen Hunden
was also
schreist du über den Hang
über den ich geh
mich an?
Es bläst der Wind den Winter dir ins Federkleid
flieg ab zu deiner Absteig drum
Vogel du im Hungerwams!
Oder übst du
für die Tanzmusik
drüben
am anderen Hang?

Somna

1

Wie ein Grieselsamen
verflimmert im Lichtraum
oder wie wenn durch Federflaum
ein Ostwind geht oder
eine Wolke ziehe
in Äthersfernen hingegeben
der steten Drift oder es sei
als ob unbekannter Wesen Kleider
oder als ob Fahnen wehten über Wächten hin und
es sei aber als ob
herabstürze ein Erschauern oder ein Hagel falle
oder ein Frost oder ein Traum
wie Wahrheit
in die Dinge.

2

Fiel ein
Traum mir ins Erinnern. Menschen
sind gestanden
in einer Reih
war alles
zerhackt. Ist
bei Tag gewesen. An der Haltestelle
ein Bus der
ins Neblige fährt. Regen
gefriert. Auf der blanken
Haut.

3

Als gingen
durch Gassen
unerkannt
im Inneren
der Gletscherhöhlen
als sähen
in Morästen versinken
das Land wir
als spürten
so wie Asche brennt auf der Haut
und wie Asche spürt
was sie brannte das Nesselzeichen
wir
als sei uns
befohlen zu erschweigen
die trostlose Wahrheit.

Notturno

1

Helle Randtöne
der Nacht. Ein Knistern
im Vogeldickicht.
Es war nichts. Ein Atem
verfing sich
im Gehölz.

2

In Schneisenwinden waldwärts
geneigt
das Ohr als ob da
Stimmen
seien zaudernd
ein Lied
aus den erratischen
Dingen
am Nachtrand
festgebunden
mit dünnen
Fäden
in der Tiefe
des Scherbenschlafs.

Sarabande

Wenn auf Pfaden eisverkrustet
wo braune Weiler wo Läden
jäh geschlossen ein Gesicht verharschtes Ebenbild
zum Widerpart
verhärtet nichts nichts mehr
zu reden und Flocken gehn
durch den Raum und Schnee
herabsammelt
vor der Dämmerlöcher
Falltüren und
schwarz
des Schattentuchs Fahne –
fernhin und fahl
zwischen den Zeilen im weißen Feld
das immer-
währende Schreiten der Worte
denen die Dinge folgen:
ein Haus ein Feldkreuz Masten Drähte
und Gestalten
durch die Nebel.

Bratschenklänge des Nordens

1

Da steigt es an
aufbegehrender Sande
geduldet Spiel.
Drunten
daß das Ungrade sich füge
auf glatten Bahnen
Straße Meer und Boot
droben
in Sand und Lehm und Stein
eingepflügt
die Rinnen die Zeilen
krumm
und festlich im Ungefügen:
hier will ich bleiben
Aug in Aug
mit den blinzelnden Seen

2

Lang waren die Tage
langsam gingen sie
die Inseltreppen
in eine lange Nacht
Boot und Stern
Nordlichtgedanken
wie Lampions
eine Musik:
Bratschenklänge des Nordens.

Unbeirrt
das Tuckern. Die Ausfahrenden.

Kein Herzeleid
sagten Lebwohl nicht nur
daß es gut war
und es seien die Ufer
offen.

3

UTI VÅR HAGE

Da oben ist das
im Nordland
hinter der Schäre
hinterm Wald.
Da oben
hinter der Schäre
da saßen wir
im Haus am See
in Gedanken
da oben
da wo der Schmerz sitzt
die Last des Worts
Tyskland.
Hörten
Bach b-moll: Lamento und Fuge
ein Impromptu: Valse triste
sangen
von einem der einzog
von einem der auszog
von akvileja und krusminta
das Lied vom Herzkeim
kom hjärtans fröjd
da oben im Nordland
hinter der Schäre
hinterm Brustbein

da wo der Schmerz sitzt
die Schwere des Worts
Tyskland.

4

Ein Wort
ein niegesagtes
Glück
das härnere Darben
einmal ein einziges Mal
einmal
in die Glimmerkrume
in den Haferwind
geschriebenes
mit Wimpernschnelle
in die salzigen Algenlande
einmal eingestapft
in die Firnfelder im Grenzgebirg
über das wir gingen
du hast es gelesen.

Küstentagbetrachtung

Strandgang

Derweil ich noch lag
durchfuhr pfeilschnell den Äther
ein Wortmeteor:
    Meermuschellande.
    Von ungekannten Dingen
    Nam und Augenschein
Morgenpartikel
die geduldig sich erdwärts
zu Tage denken.

Das jetzt und nun
und nie zuvor gesagte
zu Füßen mir gelegte Wort:
Perlmuttgestade
Botschaft aus Orplid
von alten Wassern
dem Land übergeben.
Aus ihren Zeichen
liest die Möwe
eine heitere Rede.

Morgen. Heraldisch
schlägt er die Klauen in die
Hüfte des Schwimmers.

Uns das Morgenrot
zu deuten steht am Wegrand
erbleicht das Glückskraut.

Tangwolle Planken
Sand und Schaum
und ein Ton in der Salzgischt
dem Westwind entsprungen: Du
hinterm Tarnnetz
was suchst du?
Gestrandetes
in Watt und Priel
ein Wort
vielleicht nach mir
in Salz und Sand verholzte Zeit.
Ich hatte sie
vergessen wollen.

Als ob im Westwind
mich Ammonshörner riefen
im Stein verstummte.

Eine Schlickspur schreibt
in fremden Alphabeten
den Weg den ich such.

Und Wasser waren
die von fremden Landen sprachen
smaragdnen Inseln
der Jugend Zauberworte –
und wie sie zerfielen
in ihr grusiges Ende.

Zeitbegegnungen

Wolken und Winde
wir sagen daß sie gehn. Das
macht sie beständig.

Gespielter Tod als
erstarrte Zeit überm Leib:
Grabsand-Geriffel.

Der Mittag zerspringt.
Nun fallen Splitter in die
Unruh des Zeitwerks.

Du redest
mit unbeständigen Worten
wenn du sagst es steige keiner
in den selben Fluß.
Heute zum Beispiel
treibt ein Floß
im Stromstrich
seltsam verpackte Kisten
sind geladen
zwei Männer stehn am Ruder
man sieht wie sie reden:
Morgen mit seidenen Fahnen beflaggt!

Träger Tag. Bleiern
die See. Da! – landwärtsgebläht:
Spinnakersegel!

Ruderlos
im Sog der wortlosen Mitte

schreiben
in die windlose See wir
das Geheimnis der Zyklone:
seht –
so bewegt euch fernwärts!
Durch Vorauswerfen der Segel.

Das Münzfernrohr tickt.
Am Horizont das Floß der
Morgenlandfahrer.

Möwenkot-
Strichlisten
auf der braunen Kreidewand
registrieren
        die Zahl der bedrohten Schiffe
        der Surfer Rufe in die ablandigen Winde
        ihre Translokationen ihre Untergänge
        auch was den Landtod starb
        und alles andere was stürzt
        und was geht:
Der bleichen Eisverkäufer
einsames Wandern
zu gegenüberliegenden Stränden.

Von Sandkornschliff gerundete
Scherbe ein Flitscherding
flaschenpostgrün in meiner Hand
Palimpsest
kriechspur- beschriftet:
        Es werfe keiner
        dasselbe Ding zweimal den
        Ebbesog hinab.

Der Vögel Sturzflüge
im Visierschlitz der Geschütze
auf die Sandplaine herab
wo Strandgänger
im Streufeuerschatten des Bunkers
Spuren ziehn
Worte Epitaphe
ungelesen
lecken die Wellen sie auf.

Nachtstücke

Inverse Schriften
silbern auf schwarz: des Schwimmers
Botschaft ins Nachtmeer.

Vertaumelt steuert
fernfeuertrunken ins Licht-
Nichts sich das Fährboot.

Wind trägt sich ein in
die leergewehten Seiten
unsres Dünenbuchs.

Nacht sinnt sich herauf
aus ihrem Salzbett
dem scharfen Geruch nach Algen.
Ein letzter Rest von Rot
den sich die Welle bewahrt
aufzuschreiben das
Geheimnis des Tags
ins Augenimmer:
sein Nimmermehr.

Fundstücke

Ein lyrischer Tag.
Die Möwe kackt zielgenau
aufs Blatt ein Haiku.

Die Brandung torkelt
es verpatzen die Möwen
alle Einsätze.

Abgestürzt ist mein
Seeschwalbenlied und draußen:
welch ein Flugwetter!

Platz da! ich komme
mit dem Getön des Meerhorns
ich Einsiedlerkrebs.

Welch ein Getuschel!
Sanddisteln erzählen sich
Obszönes vom Wind.

Dünendrachenpulk
über den Betonbunkern
ein Luftgeknatter.

Schreckerregend! Bild
Erinnye aus Deutschland da!
flatterts überm Strand.

Drahtgestell verlor
seinen Besitzer. Am Strand
Brillenglasfunkeln.

Wie er sich aufbläst
der Anorak übt eine
Regenbeschwörung.

Ineinanderzu
zwei unter des Landungsstegs
frivolem Geschmatz.

Verweht im Wind in
den sie geschrieben waren:
Luftkalligraphien.

Frühlinsnotate

Februarmorgen
frischer Malgrund
die Äcker wurden geweißelt
in der Früh.
Jetzt geht Unruh um.
Schraffuren dehnen sich aus
in den Gräben
die Fahnen der Weiden
rostrot und plötzlich ist es da:
ein Lichtsog
an allen Enden rührt sich Lust
auf Farbe
sie hineinzuwischen
mit den Augen
mit Schöpfergesten:
Mandelblüten-Rosa, Feuerdorn-Rot
das Grün
des Herzverlangens.

Stumm vor Wanderglück
Frühlingspastelle
im Malersack da –
der erste Mandelbaum
noch starr
vor Erschrecken
schon zu blühn
und dann seine zierliche Geste:
ein Morgennicken
über die Ebene.

Nun steigen
aus den Destillerien des Morgens
Duftstoffe wieder herauf
Raffine des Aufbruchs
der Verheißung Tinkturen
aufzuzeichnen die Wege des Frühlings:
Hinter dem Berggrat
breiten sich Fernen aus
und Lande
die unsre Namen rufen.

Im Umschaun nach dem Windzug
der mich streifte:
ob er
am Hauch des Schweigens
mich erkannte
da ich seh
wie Frühling herabsank
in den Talgrund
weitab von hier
in einer anderen Zeit.

Der Weißdornhecken
Lichtgeflüster. Mit welchem
verborgenem Du?

Falter! Wortgenoß!
warst lang nicht mehr hier möcht was
mit dir beschweigen.

Madrugada
(für Heide)

Morgen
wenn die Vögel schrein
und am Himmel fängt es an zu blinken
will ich aufstehn
früh
vor dir leis
werd ich die Gläser spülen
und den Aschenbecher leeren
dann die Fenster öffnen
und mit dem Glanz der Morgenröte
werd ich in dein Zimmer kommen
zwei Apfelzweige bring ich mit
und Kaffee
die Tageszeitung laß ich liegen
vor dem Haus
daß wir in Frieden
uns ein wenig unterhalten können
und reden über uns
bevor der Tag anfängt.

Amsterdam bei Regen.
Vierzehn Erinerungen an Hanns Eisler

1

Regen in Amsterdam neptunischer Überfluß.
Aufs Pflaster fallen Töne
wissen nicht
von welchen Tagen sie singen versinken
im Schmatzen des Kanals
in den die Häuser wachsen
backsteingesichtig.

2

Amsterdam bei Regen
aufgedröselte Wolken die zu flattern beginnen
Töne Flut und Gegenflut
in den Strudeln daheim hinter der Schleuse
im Silber des Flossenschlags Tropfen
in eine Reihe gebracht
das andere Doremi.
Unter den Brücken landet Treibgut an.
Zerrieselnde Kielspur am Rande des Hörfelds: das Schweigen.

3

Regen in Amsterdam
ein Liebespaar geht geduckt wie Komparsen
in einem Regenfilm über die Brücke fünf Schritte nah am Tod
was weiß der Tag von uns?
Einsamkeitsdialoge
– ich weiß nichts mehr – sagt sie
mit unbewegten Lippen wie in einem Regenfilm
das Glück ist stumm und voller Trauer.

Ein Lachholz tönt aus der Kneipe
einer sucht auf dem Klavier nach einer Melodie.
Das Glück sei stumm.
Und voller Trauer.

4

Im Trocknen in der Kneipe da ist das Tönefinden leicht!
Die Hurenfrau spielt mit der Flöte
der Kaplan lacht Klarinette für ihn ein heilger Spaß!
Bratscher und Geiger zwei Junkies von der Straße angeheuert
sein Cello streichelt der Fahrensmann.
Einer bringt Lampions in die Reihe
mit beiden Händen schüttelt er
kontrapunktisch
Schauer und Böen
aus dem Klavier.

5

Tropfen ein Wort das
selbst sich füllt mit dem Salzfluß
dem Vibrato in der Saite
mit dem Anschlag hart
in der dritten Oktav dem Immer- und Nimmermehr
und wieder und abermals füllend sich leertropft –
tropft –
tropf –
tropf.

6

Es muß eine Stadt geben die liegt im Meer
dort sind Streifen von Festem
geordnet wie Routen über die See darauf

beflaggte Karren rollen die poltern sich die Wege frei.
Viel Lachen sei dort zu hören.
Und Musik.

7

Viereckwind rennt um.
Tauscht mit den Masten sein Lied.
Droben in den Glockengiebeln lange einsame Gespräche.
Daß etwas aufsprühe das leuchte!

8

Amsterdam bei Regen
es beißt ein Schiff sich fest in seinen Ankerplatz
einer tanzt
mit Stahlkappenschuhen ein Spiegel zerklirrt.
Drüben
in ihrem blauen Turban die Südseegöttin
perlenleichte Koloraturen
am langen schönen Hals.
Alleingelassen singt
auf dem Balkon ein Kanarien verloren
an die Lust sich großzuschreien.

9

Am Tresen stehen
die draußen waren. An den Schleusen.
Wo sie die Fahrrinnen besprachen
mit ihren Fäusten. Wo sie ein Drüben wähnten
ein Helleres vielleicht ein Wort
das man singen könnte
ein neues Lied:
Wo seid ihr stolze Segler was habt ihr an Bord?
Fracht aus Amerika? Brot oder Pulver? Gold?

10

Es kommen seltene Vögel
mit Flügelgespreiz
die sich spiegeln möchten
den Wassern zugetan wie dem Land. Triolengetrippel
Kinderrufe disparat wider den Zeitstrom:
es ist nichts. Nichts ist gewesen.
Nichts und nichtmals nichts
ein Saum Morgenröte vielleicht
und Regen.
Seltsame Vögel.
Mit Flügelgespreiz.

11

Amsterdam bei Regen.
Schräg auf den braunen Molen stehn die Kräne
die Boote zu leichtern mit schwerer Fracht.
Steinnotizen
die nicht zu Ende gesungenen Aschengesänge:
Vorwärts vorwärts –
vergessen
und es schlagen die nassen Taue im Wind.

12

Regenworte flirrend
in tausend Alphabeten Zeichen von Nichtschreibbarem
Nichthörbarem das herunterschlägt durch die getränkten Lüfte –
als träfe zu daß etwas geschehen wird
als atmeten Katarakte
sich voraus.

13

Amsterdam das alte immergleiche Wasser
die Häuser stehn in ihrer alten Reih
der Stuck
ist abgemeißelt und ein Gedanke
schreiend wie Schrapnelle
fährt durch die Stadt
daß man es nicht –
in meiner Sprache nicht –
besingen darf.

14

Amsterdam
zugemaltes Bild graue Wasser graue Zeit. Gitter
in denen Papiere hängen eine Flasche ein Brief:
früh zu komponieren begonnen –
zwei schwülstige sinfonische Dichtungen –
in dürftigen Verhältnissen gelebt – und:
wenn ihr beim Komponieren das Fenster aufmacht,
so erinnert euch, daß der Lärm
von Menschen erzeugt wird –
und was liegt daran
daß Gräber
unter dummen Ornamenten verschwinden.
Ein Dreiklangsspaß.
Ins Vergangene gedacht.

Lenz. Bildnotizen

Eine Vogelflugspur
eine Lichtkette zwischen Wolke und Berg
auf der weißen Wand
sehe er
es gehe aber
wie ein Schlieren
wie ein Fallen durch die Sätze ihm und
als ob Rabenfedern
als ob Knäuel von Gewölle
als ob Schlacke
und ein Nebel aus Bims
und Feuersandstürze rasten
durch die Worte.
Und Blicke gingen
über der Hügelketten Zeilen
ein rascherer Farbfluß durchs Gelände
ein Sich- Ersinnen von Worten
Podeste
unter luftiger Anhöhe und Botschaften
Briefe
durchs Firmament
da seien aber
Ausrisse in der Glitzerluft
Gravuren
in der steinernen Front der Berge und
Rauch aus Kaminen
im Ziehen der Fallwinde
die Aschehänge herab und plötzlich
im Spiel der Lippen der Zunge der Reime
schreiende Krähenschwärme quer durch die Lüfte
und die Namen
der Dinge Ebenbilder nicht mehr.

Da waren Wellenschriften und Skizzen zu Küstenbildern
grüner und heller Häfen und Silbersplitter und Worte
befreit aus ihren Zeilen
der Gedankenstürme Tor –
es geht aber ein Graupeln nieder über die nassen Marschlande
und Bleiernheiten
rostrotverhangen Faltengewölk schorf- schrundig
und Nebelhornrufe über der Wasser
aus Untiefen ausgekämmtem Algentext.

Und wieder behangen wie ehedem
Büsche mit lindem Duft
Restgesang Kanzonetten gleich
über Echoauen
in Fernen zu bleiben
tragen Winde
zwei Töne einander zu
aber da:
wie ein Ziehen ein Schmerz
die Abwesenheit eines Wortes Kleinod
das in Katarakten verschwand
Graugespinst aus Dämmerschründen
und Brackwasseratem
den Mund voller Geröll
ein Schleifen hinter sich
ein Rasseln der Fremdheit des Tags
wortgezeugtes Steinbett.

Windschliff-
Stuck- Gebirg Portal
zu den Dingen
die er zu malen vergaß
ein Kind
unterm Felsen das Flugkleid

verflammt
in den Sanden verhuscht
ist alles schief
am falschen Ort
der Zeit nicht untertan.
Filigranes Knistern im Firnis:
eine Stimme.

Und wie hinter des Fensters erdachter Landschaft
Pappelreihen entlang der Altwasser
Raps glühend der Mohn
liest er
in den Feldern
aus den grauen Zeichen der Kreideschrift:
es begännen die Bilder zu brennen
das Haus stehe in Flammen und es erhebe
am Horizont sich
ein Geschrei.

Lubowitz. Kontrafakt

1

Gedenkest du des Gartens noch?
dort wuchsen Gras und Kaiserkron
die Lande uns
ins Weite da wir fliegen wollten
verschworen der Ferne
den unstimmigen Dingen.
Doch war eine Frostschneise
geschlagen und es war ein Eisgang gehauen
durch des Sommers einst beredte Wälder
die Kaiserkron ist verfault
am Päonienpfad
grauer Gartengast.

2

Und es waren Stimmen
zu hören
Töne
die von Scherbenschliff
die von Märzeneis und Winterweh
die in den Nachtgrund
eingekerbten Worte
und die innen
im dunklen Innern des Erinnerns
die in die versinterten Wände
der Herzkammer eingeritzten
Steinnotizen. Reime. Lesbare.
Singbar:
Es flöge die Morgenröte übers Gebirg
und es begänne
abermals
mit Lerchensang der Tag.

An Mörike

Der bunten Gewänder nicht
noch der Saiten Spiel
angerührt im Winde
flatternd die seidenen Fahnen
nicht mehr
vor der Anmut
noch der grünenden Hügel
Frühlingsblumen.
Schwarz das Gebirg betrogen
die Holden all.
Es blasen die Stürme
im Mantel der Nacht
Funken
hindurch.

Nausikaa

Nachdenken über ein Gedicht von Oskar Loerke
Notizen aus zwei Tagen im Oktober. Für Monika N.

Loerke, den Namen kenne ich. Kenne ich mehr als den Namen? Oskar Loerke, einer, der stille wurde in jenen klirrenden Jahren, einer, der wegging in die Karstwüsten, drinnen, im inneren Land, – hätte ich ihn nennen dürfen, Oskar Loerke, um Antwort zu geben auf die Frage nach den Deutschen in jenem Deutschland – Mördergehilfen? alle? – Monika N. hatte sie an mich gerichtet, eine junge polnische Lehrerin.

Es ist der zweite Oktober, Berlin 1990, ich habe das Fernsehgerät eingeschaltet, Menschen stehen vor dem angestrahlten Tor, spazieren Unter den Linden, Menschen in der Potsdamer Straße, Musikgruppen spielen, Rockmusik ist zu hören, Schlagerlieder, es werden Fahnen geschwenkt, und doch ist in all der Frohgestimmtheit auch so etwas wie Nachdenklichkeit zu spüren und Staunen: Deutschland. Ein einig Vaterland?

Man hatte mir ein paar hektographierte Gedichte zugesandt, ich hole sie hervor, lese: Loerke, *Ans Meer, ...ein Morgen scheint im Wolkenloch/ hoch auf die Welt...*, da ist mir mit einem Male, als rühre mich etwas an mit von weither kommender Vertrautheit, so wie manche Augenblicke urplötzlich und in all ihren kleinsten Einzelheiten und ihren geheimsten Beziehungen zueinander von Erinnerung erhellt werden: schon einmal erlebt, schon einmal gesehen, es geschieht, was einst geschah, déjà-vu. Ich lese das Gedicht zum erstenmal, ich weiß das, und weiß doch auch: ich kenne es mit urplötzlich anwesender, unbegründbarer Klarheit, *... ein Rauschen ruft, ein Meer ist nah, / ans Meer mit ihrer Wäsche fährt / Nausikaa.* Déjà-lu.

Berlin, zweiter Oktober 1990, auf einer Bühne sind die Politiker versammelt, der Bundespräsident, der Kanzler, seine Minister, seine Opposition. Keine Dichter sind zu sehen.

Berlin 1933, Karstland, ich suche nach anderen Namen: Benn, Jahnn, Eich, – hundert weitere –, anwesend- weggegangen im verkarsteten Vaterland, Gehilfen? Auch sie?
Und die ich kannte, die Unbekannteren, deren Spur ich lesbar zu machen suche mit meinen Gedanken: mein Musiklehrer, Ernst R., mein Onkel, die alte Frau, die hebräische Worte sprach, mein Dirigent, mein Vater – nein, Mutige nicht, nicht bereit zu Taten – aber doch Schweigend-Redende. Mördergehilfen, sie auch?
Im Bücherschrank finde ich ein Taschenbuch: Oskar Loerke, Tagebücher aus den Jahren 1903 bis 1939, ein Teil meiner Zeit war Teil seiner Zeit, ich blättere: ... *O Traurigkeit. Die Tage schwinden hin. Leer. Die Stadt düster, trübe Tafeln die Häuser, beschmiert mit starrer Schrift* ... – da begann meine Zeit. »Atem der Erde« war gerade erschienen, ... *das Buch der Wirklichkeiten in mir und außer mir. Was wirksam geworden ist aus der Kindheit und Jugend für diese Jahre, was Gegenwart heute* ...
Ein Kind schaut aus dem Fenster, an den Mauern sind Zeichen aufgemalt, Pfeile, ein Kreuz mit Querhaken, unten an der Ecke verprügeln sich Männer mit ihren Lederriemen, Es zittern die morschen Knochen, singen die Braunen, was soll zittern?, warum?, – vorm großen Krieg, singen die Braunen, ein Kind versteht das.
Tagebuch von Oskar Loerke, Berlin 1933: ...*Eine entsetzliche Zeit der Leiden und Demütigungen. Zu sprechen darüber war schwer: darum habe ich nicht gesprochen*...
Januar 1933, Heilrufe klirrend in den Kopfhörern, Marschmusik, dann ist Rauschen zu hören, dann Stille und das Schweigen in die Stille und ein Wort nur: Barbaren. So war es gesagt worden, von einem im Raum, keiner hatte widersprochen. Barbaren! Auf dem Tisch lagen die Kopfhörer, keine Heilrufe, keine schneidende Rednerstimme mehr. Ein Kind versteht das.
Loerke 1935: ...*Einen Ekel gibt es in der Welt, der reicht über den Tod und dauert die Ewigkeit*...*Alte Musik. Viel Buxtehude, Frescobaldi, Praetorius. Sodann das höchste: Bach. Wieder das*

schon urvertraute Wohltemperierte Klavier...
1936: *...zu Fuß Potsdamer Straße, Tiergarten, Unter den Linden bis Ecke Friedrichstraße. Staunen in die Anlagen der Geschäfte hinein. Merkwürdig im Gewimmel. Entfremdete Welt, die mich verloren hat. Aber ich weiß besser als früher, welches die wirkliche Welt ist, die über dem Spuk...*, dann 1937: *... Schlechtes, schauriges Jahr, keine Zeit, einen Gedanken zu denken, ein Gefühl zu fühlen...*
Aus einem Zimmer kommt Musik, eine Stimme ist zu hören: Zion hört die Wächter singen, Ernst R., auf dem Klavier spielt er eine stets wiederkehrende Figur dazu, Johann Sebastian Bach, sagt er. Kein Gloria. Ernst R., 1930 hatte er seine erste Lehrerstelle angetreten, im pfälzischen Dorf hinter den Hügeln, nun war er versetzt worden, er hatte sich geweigert, die Erstlesefibel zu benutzen, die mit dem vorgeschriebenen Gruß auf der ersten Seite: Heil Dschingis!
1938, keine Einträge im Tagebuch von Oskar Loerke. Ein junges Volk steht auf, zum Sturm bereit, singen die Braunen, und In den Ostwind hebt die Fahnen. Auf einem Podest steht ein Knabenchor, dreißig Jungen sehe ich, in schwarzen Hosen und braunen Hemden. Wer will unter die Soldaten, singen sie und Deutschland, heiliges Wort, – Barbaren, sagt er, man hatte ihm beigebracht, die Erstlesefibel zu benutzen, Ernst R., singt noch immer das Lied von der Sonne, die nie untergeht, findet Worte für Dinge, die noch zu entdecken sind: Ginsterwald/ Dornenwald/ Nachtgestalt, droben im Wald auf dem Berg mit dem Turm, erzählt von Achill und Hektor, und von Odysseus, wie er sich im Laub versteckt und wie er von Nausikaa, der Königstochter, zum Vater geführt wird, zu Alkinoos, dem Phäakerkönig, drunten, in unserem Land, spricht Sätze wie in einer anderen, schöneren Sprache, wie Musik aus einem inneren Land: *...Doch wo bin ich? Der Morgen währt,/ ein Rauschen ruft, ein Meer ist nah –/ ans Meer mit ihrer Wäsche fährt/ Nausikaa.*

1938, im Haus der alten Frau, ich sehe, wie sie in der Stube sitzt, ein schwaches Licht brennt, auf dem Küchentisch liegt ein aufgeklapptes Buch, sie beschmiert ein Brot mit Butter und Latwerge, achile, sagt sie. Welsche Sprache, meine Mutter hat so gesprochen. Und sag das niemandem. Wenige Tage danach meldet einer nach Berlin, es sei korrekt vorgegangen worden, mit angemessener Höflichkeit, die Pfalz sei judenfrei. Keiner hatte etwas bemerkt davon in der Stadt, keiner die Scherbenhaufen gesehen, die Schränke und Bücher, das zertrümmerte Klavier und die Noten.
Aber die Thorarolle auf dem Scherbenhaufen, die hatte einer gesehen. Und sie mit nach Hause genommen. Mein Vater hatte sie mir auf den Rücken schlagen wollen. Er bestand darauf, daß ich sie wieder zurückgebe. Und mich zu entschuldigen habe. Am nächsten Tag war keiner da, bei dem ich mich hätte entschuldigen können. So begann ich zu denken.
1939, Loerke: *Kriegsbeginn mit Polen. Kriegsbeginn mit England. 21. November übel im Verlag. Dann Erstickungsanfall halb zwölf bis vier Uhr. Schrecklich. 16. Dezember. Seit Tagen Winterfrost.* Dann keine Tagebuchaufzeichnungen Loerkes mehr.
1940, gleichbleibend bis Takt 34 muß man das nehmen, keine Sextenseligkeiten, piano, wie von weither kommend, Präludium c-moll aus dem Wohltemperierten Klavier, das Adagio ausspielen, sagt die Klavierlehrerin, während sie vorspielt. Sich selbst herausspielen, – versteht das ein Dreizehnjähriger?
1940, der Musiklehrer läßt ein Nazilied einüben. Wir kommen im Morgenlicht, rohe Barockimitation, wer Bach spielt, merkt das, der Lehrer bricht den Gesang ab, macht vor, wie man den Führer auszusprechen hat, läßt Stimmbildungsübungen singen, Führer in Terzgängen, Quartsprüngen, als Halte- und Gleitton, und dann setzt er sich an den Flügel und spielt. Präludium und Fuge in b-moll aus dem Wohltemperierten Klavier, ein Dreizehnjähriger versteht das.

Seine Marotte war das Komponieren von Kanons, er ließ sie auf Stimmbildungssilben üben, erst am Schluß der Stunde wurde ein Text unterlegt, lange glaubte ich, er sei der Textdichter seiner eigenen Kompositionen, und wir sangen: Ich habe zu Hause ein kleines Klavier/ und kenne doch keine Note/ es steht im Dunkel der Kellertür/ seitdem die Welt verrohte. Wir konnten nicht ahnen, was er damit aufs Spiel setzte.
Einmal sangen wir einen Kanon, eine Musik, die nach Regen klang und nach Wind, leere Quinten voller Verlassenheiten, Querstände, ich höre die Musik jetzt wieder, wo ich Loerkes Gedicht lese: Grundton – Quint – Tritonus der Schlußakkord: Nausikaa.
Die den Odysseus zum Vater führte. Der den Zorn des Gottes heraufbeschwor. Und der die Stadt teilte in seinem Zorn. In zwei Hälften.
Berlin, zehn Minuten vor Mitternacht, die Friedensglocke ertönt, eine mächtige Fahne wird zum Fahnenmast getragen, Raketen steigen hoch. Ich denke an meine polnischen Freunde, Monika und Ryszard, wir hatten das Hambacher Schloß besucht, sprachen über die polnischen Freiheitskämpfer, über die erste deutsche Revolution. Die gescheiterte, die unterdrückte. Weil sie immer zu stille waren, die Deutschen in ihren Vaterländern.
Sie habe lange nachgedacht, sagte Monika auf der Heimfahrt. Über ihre beiden Nachbarländer, damals, vor fünfzig Jahren. Stalin und Hitler, Verbrecher beide, aber er, Hitler, habe es fertiggebracht, ein Volk zu Mördergehilfen zu machen.
Ich schwieg. Etwas schnürte mir die Kehle zu. Mördergehilfen? Alle?
Durfte ich da von Widerstand reden, von den Stillen im Lande? Hätte ich versuchen dürfen, von den anderen zu reden, meinem Lehrer, meinem Dirigenten, von Ernst R., von meinem Vater, der mir Remarque zu lesen gab, von der alten Frau, die hebräische Worte sprach? Oder von Eich, Kasack, Loerke? Monika hatte mein Schweigen mißverstanden, sie wollte sich entschuldigen. Es liegt

der Schmerz ja gerade darinnen, rief ich aus, daß ein junger polnischer Mensch dies mit Recht sagen darf: Wir seien Schweigende gewesen. Und zu Gehilfen geworden.
Sie hatten mir eine Flasche Sekt mitgebracht. Ich solle sie öffnen um Mitternacht, in der Gewißheit, daß sie mit uns anstoßen würden. Auf Deutschland.
Oskar Loerke, 1884 geboren, 1941 in Berlin gestorben.
1941. Farbige Fähnchen werden auf Landkarten gesteckt, Fahnen in fremde Länder getragen, Einmarsch, Vormarsch. Les Préludes von Liszt, Feldpostbriefe:...denke oft an unsere Berge, o Täler weit, o Höhen, hier ist weites, flaches Land. Sind viel marschiert, Dein Onkel Ernst. Hausaufgaben, Luftschutzübungen, Ansprachen. Am Rednerpult steht einer in brauner Uniform, spricht befehlende Worte vom Durchhalten und vom Siegenmüssen, wir dahinter in braunen Hemden und schwarzen Hosen, suchen auf den Instrumenten die richtigen Töne zu einem Marsch, 1941, der Marsch ist gespielt, doch der Dirigent läßt weiterspielen: Johann Sebastian Bach, Air aus der dritten Orchester-Suite. Da ist plötzlich Stille im Saal. Keine Siegheilrufe. Nachdenklichkeit.
1941, Siegesmeldungen, Todesanzeigen, ich sehe Leute mit roten Augen aus leeren Zimmern kommen, Onkel Eugen an der Ostfront, Onkel Ernst verwundet, Onkel Friedrich meldet sich freiwillig. Les Préludes und Siege, ein Telegramm aus Berlin, Onkel Friedrich schwer verwundet.
Setzt ihr euren Helden Steine/ baut ihr einem Mann das Mal/ dann vergeßt der Mütter keine/ die da starben hundertmal...., ein Lied von Hans Baumann, ich sehe die Noten noch vor mir, es beginnt in d- moll, aber bei der Stelle starben hundertmal moduliert es ganz unvermittelt in ein strahlendes F- Dur: Heldentod, Sieg. Und dieses Lied hat Baumann im Jahre 1934 gedichtet und zusammenkomponiert, wir habens gesungen, aber keiner hat gemerkt, daß wir, lange vor dem Krieg, den Tod auf den Schlachtfeldern

besungen haben! Telegramm aus Berlin, Onkel Friedrich in einem Lazarett an seinen Verwundungen gestorben....Mütter, das müßt ihr ertragen..., hieß es in einem anderen Lied, wir hattens gesungen und wir hatten nicht verstanden. Wenige Wochen später holt mein Vater ein Buch hervor, Remarque, lese ich, Im Westen nichts Neues, ich las es ohne aufhören zu können, mit Anfällen von Empörung und Ekel und Auflehnung.
1941 stirbt Loerke, Herzversagen. Warum und wann versagt ein Herz?
1943, auf einer Photographie ist ein junger Mensch zu sehen, er steht neben einer Zehnfünf- Kanone, lächelt in eine Kamera. Er hat die Uniform der Flakhelfersoldaten an, man sieht nicht, daß ihm das Herz bis zum Halse schlug, als er ein paar Stunden zuvor eine Fehlzündergranate in die Sandgrube hatte tragen müssen. Und er weiß noch nicht, daß ihn ein paar Tage drauf drei Splitter einer Granate im Rücken verwunden würden, und er weiß nicht, daß er noch zwei andere Uniformen würde zu tragen haben: die des Arbeitsdienstes und die der Panzeraufklärersoldaten. Das weiß er noch nicht.
Nun wird er etwas gefragt, um Mitternacht, da die Hymne der Deutschen erklingt, schwarz- rot- gold flattert es am Mast, aber er kann nichts sagen. Ihm ist, als müsse er sie hineinschreien in diese vaterländische Feierstunde: die Infamie seines Vaterlandes. Wollt ihr den totalen Krieg? – Sieg Heil! Da, in Berlin wars. Gestern.
Frühjahr 1945, auf einem Waldweg im Harzvorland, Rückmarsch. Ich hatte Gasmaske und Stahlhelm weggeworfen, fühlte mich plötzlich seltsam frei. Es waren regnerische Tage gewesen, nun kam die Sonne aus einem Wolkenloch hervor und schien auf den Wald – und genau das hatte ich in aller Deutlichkeit und Klarheit schon einmal gesehen, den Wald, den Pfad mit diesen Wurzeln und genau diesen Steinen und dem Geruch nach Erde und dem Vogelruf in diesem Augenblick, – du, ich habe das schon einmal erlebt,

sage ich zu meinem Hintermann, – es ist nichts, sagt er, nur ein Fehler in unserer Erinnerung, déjà-vu, dann Regen, Schlamm, Hungerödeme an den Beinen, Kriegsgefangenenlager Remagen, wir stehen im Kreis, haben die Arme um die Schultern der Nebenleute gelegt, so wird, wer sich nicht mehr aufrecht halten kann, nicht fallen. April 1945, Viertelstunde um Viertelstunde vergeht, einer schlägt vor, zu reden, einfach zu reden, ein Lied, ein Gedicht. Lili Marleen wird vorgetragen, einer zählt seine Wünsche auf, einer spricht ein Gebet, mir fällt ein Eichendorff-Gedicht ein, und dann, während es regnet, in der Stunde des Dämmerns, spricht einer ein paar Strophen, Worte, kühl wie ein Wasser und ein Wind. Mir ist, als höre ich es jetzt wieder, da ich Loerke zum erstenmal lese- wiederlese:
Ans Meer.
Der Nebel reißt, der albisch kroch/ aus meinem Blut zum Totenfeld: / ein Morgen scheint im Wolkenloch/ hoch auf die Welt.
Das Leben kommt von weitem her. / Und es geschieht, was einst geschah? / Mit ihrer Wäsche fährt ans Meer/ Nausikaa.
Ein Weg weist nach Byzanz und Rom, / für mich betritt ihn der Barbar. / Im Stein verwittert schon am Dom/ sein Mund, sein Haar.
Doch wo bin ich? Der Morgen währt,/ ein Rauschen ruft, ein Meer ist nah –/ ans Meer mit ihrer Wäsche fährt/ Nausikaa.

Inhalt

Werner Laubscher ist 1927 in Kaiserslautern geboren, er lebt als Schriftsteller, Maler und Komponist in Kandel und in Stein. Lyrik, Prosa, Lautkompositionen, experimentelle Texte. Zuletzt erschienen: Die Germansviller Dokumente, experimenteller Roman, Gollenstein-Verlag, Blieskastel 1996.

Außerdem erschienen in der Edition Künstlerhaus:

Ludwig Harig

Der Wiedergeborene

Reportagen. 64 Seiten, DM 26,-
Aus Anlaß des 70. Geburtstags erscheint eine Sammlung mit »erzählten Reportagen« des berühmten Saarländers.

Peter-Huchel-Preis 1996!

Gregor Laschen

Jammerbugt-Notate

Gedichte. 64 Seiten, DM 26,-
Dem aktuellen Lebenslauf einer konsumistisch verrotteten Umgangssprache wird die Kraft der Bilder entgegengehalten. Laschens hermetische Gebilde, häufig der modernen Malerei verpflichtet, haben einen verstörenden, aufweckenden Reiz.

Hans Bender

Geschichten aus dem Kraichgau

Erzählungen. 64 Seiten, DM 26,-
Bender versteht es, die einfachen Leute und ihre oft trivialen Wünsche zum Leuchten zu bringen, behutsam und lakonisch aus der Perspektive des beobachtenden Kindes.

Peter Kurzeck

Vor den Abendnachrichten

Zwei Erzählungen. 64 Seiten, DM 26,-
Das Gefühl, ein Flüchtling, ein Fremder zu sein, hat Kurzeck ebensowenig verlassen wie die Angst vorm Verschwinden der Zeit. Und er weiß: »Schreiben ist meine einzige Möglichkeit, auf der Welt zu bleiben«.

Jørgen Sonne

Gedichte

1950-1992

Aus dem Dänischen übersetzt und herausgegeben von Hanns Grössel
64 Seiten, DM 26,-
Diese Auswahl, mit der Jørgen Sonne hierzulande erstmals angemessen vorgestellt wird, umspannt sein bisheriges lyrisches Lebenswerk, es sind Texte, die in kräftigen dissonanten Bildern von Liebe und Sexualität, Nähe und Ferne, der Gewalt und den Opfern erzählen und urzeitlich-apokalyptische Landschaften beschwören.